KB105902

차려진 기억

차려진 기억

발행일   2017년 3월 29일

지은이   조 윤 희
펴낸이   손 형 국
펴낸곳   (주)북랩
편집인   선일영   편집   이종무, 권유선, 송재병, 최예은
디자인   이현수, 이정아, 김민하, 한수희   제작   박기성, 황동현, 구성우
마케팅   김회란, 박진관
출판등록 2004. 12. 1(제2012-000051호)
주소   서울시 금천구 가산디지털 1로 168, 우림라이온스밸리 B동 B113, 114호
홈페이지 www.book.co.kr
전화번호 (02)2026-5777   팩스   (02)2026-5747

ISBN   979-11-5987-513-7 03810(종이책)   979-11-5987-514-4 05810(전자책)

(주)북랩 성공출판의 파트너

북랩 홈페이지와 패밀리 사이트에서 다양한 출판 솔루션을 만나 보세요!
홈페이지 book.co.kr   1인출판 플랫폼 해피소드 happisode.com
블로그 blog.naver.com/essaybook   원고모집 book@book.co.kr

조윤희 시집

차려진 기억

눈으로 볼 수 없는 세상을
마음으로 써 내려가다

북랩 book Lab

서언

제가 시를 쓴다는 것, 더욱이 시집을 낸다는 것은 가당치도 않다고 생각했었습니다. 그래서 2년 전 많은 분들의 도움으로 첫 번째 시집 『소중한 손길』을 내놓았을 때는 너무나 기뻤습니다.

주먹을 불끈 쥐고 "I can do it"을 외치며 친구들에게 자랑도 했고, 교회 성도들이나 장애인 선배들에게 칭찬도 많이 받았습니다.

제 글을 바로 잡아 퇴고를 해 주신 야룟 님과 정원 님은 정식으로 문예나 작문 공부를 해 보라고 권했지만 실천은 하지 못했습니다.

시각장애인협회나 복지관에도 알맞는 강좌가 있었지만 버스와 전철을 몇 번씩 갈아타고 다니기도 힘들고, 일터인 가겟방을 비울 수 없는 처지라 수강할 엄두를 내지 못했습니다.

제 시집을 읽으신 시인분들은 앞으로 시를 쓰는 데 참고하라며 시집을 많이 보내 주셨지만 시각장애인이란 핑계로 읽어 보지도 못하고 글쓰기 자습도 못했습니다.

눈으로 사물을 또렷이 보는 것이 불가능하다 보니 가겟방을 지키며 쓰는 글이란 게 옛날 기억에 남아있는 이야깃거리나 귀로 듣는 일상을 소재로 한 것이 다입니다.

하지만 글쓰기는 일기 쓰기처럼 일상이 되었고 꽤 많은 글이 모였습니다. 그중에서 50여 편을 골라 두 번째 시집을 내게 되었습니다.

출판하는 데 도움을 주신 부모님과 동생들에게 감사를 표합니다. 공책에 수기한 글을 컴퓨터로 옮겨주신 에벤엘선 교회 전명훈 님, 첫 번째 시집에 이어 이번에도 퇴고를 도와주신 정원 시인 님, 그리고 예쁜 책을 만들어 주신 북랩 직원 분들께 감사를 드립니다.

2017년 3월 20일
봄을 맞은 송마가겟방에서
조윤희 씀

차 례

제1부
–
차려진 기억

너 012

차려진 기억 015

그때가 016

그때 018

그 인정엔 021

같이 사하여 주신다고요 022

혼자서 방방 025

애정 보험 026

아기 울음 028

눈맞춤 030

오죽하면 033

내가 찾던 내일 035

샘물 037

제2부

-

고갯짓

버르장머리   041

고갯짓   042

아재처럼   044

뭐라 하지 말라구요   047

거룩한 마눌님   048

무섭진 않지만   051

에덴의 동쪽   052

여린 우리네 마음   054

쉬라는데   056

패를 돌리는 그늘   059

하늘은   061

조류독감   062

눈꺼풀이 무거운 것은   064

제3부

-

그때 그 소리

나는 누구냐   068

베토벤 운명   070

최고된 이유   073

잘된 것 맞죠?   074

어머니를 대신한 아내   076

술값   078

기다려지는 날   080

소금과 같은 에코   083

담배 판매   084

상상은 행동으로   086

그때 그 소리   089

이 소리는   091

보너스   093

제4부

-

어제, 오늘, 내일

뚝배기 096

어제, 오늘, 내일 098

성냥갑만 한 가게 100

저녁노을 103

거품 104

바보상자 106

감사와 사랑의 못 109

지금 내겐 110

마음속 사랑 112

지압과 안마 115

당신께 116

이유 118

리모컨 전쟁 120

제1부

차려진 기억

너

나의 마음으로 만나고
나의 미소로 반기고
나의 바람에 가둔 너
그리고
나의 기억에 보태고 만
너

제1부_ 차려진 기억

차려진 기억

차려진 기억

대청마루 그 한쪽 벽에
등을 기대고 서 있는 책꽂이엔
많은 책들이 꽂혀있다
내 희미한 시력보단 한결 뛰어난
나의 기억으로 더듬어 본 그곳에
가지런히 꽂혀 있을 나의 추억들…

곰곰이 망설이다 위로 더 위로
손을 올려 잡아 낸 그 책 한 권엔
호기심으로 두근거리던 기억이
아직도 따스한 온기로 남아
내 마음을 데워 준다

잔뜩 부푼 기대로 펼쳐 보면
한 장 한 장 스며있는 그 추억의 숨결들이
새삼스레 날 다시 설레게 한다
생일날 식탁에 앉아 서둘러 집어 든 저붐처럼

그때가

어느 깊은 산골 시냇가에
알몸으로 첨벙첨벙 물에 뛰어들어
요란히도 물장구치던 그 꼬마들
그 꼬마들 중 하나인 나

다른 이의 시선에도 아랑곳없이
홀딱 벗고 신바람이 났던 그 시절
아무 거리낌 없이 첨벙이던 그 때가
너무나 좋아 좋아
하루 종일이라도
신났을 그때가, 그때가…

지금 나를 다시
그 시냇물 가에 있게 한다면
신발만 벗고서라도 그 물에
발이라도 담가 담가
누리고픈 그 쉼표로 돌아갈 수 있다면

나 그냥 손끝에

살짝 침을 발라 이젠

그 쉼표의 꼬리를 지워서라도

마침표로 만들었을라나?

그때

그 밤하늘에 빛나는
수많은 별들을 바라보며
평상에 활짝 펼쳐 누워
환호하던 그때

다음 날 아침 저 산등성이로
수줍은 듯 솟아올라 날 비추던 태양이
내 볼부터 간질이던 그때

어쩌다 그 빛이 따라와서
무더운 여름
째려나 보았던 태양이
그 눈빛에 미안한 듯
구름 모아 살짝 숨어
우리네 눈길 피하려던 그때

한참을 내려다보던 하늘이
귀엽다는 듯 이제 그만 하라며…
어둠을 내려 이 모두를 덮어
재우려던 그때

자장가는 저 숲의 고요함이고
하늘 별들의 눈싸움이며
내 옆 그녀의 아껴 내뱉는
사랑스런 코골음이었다

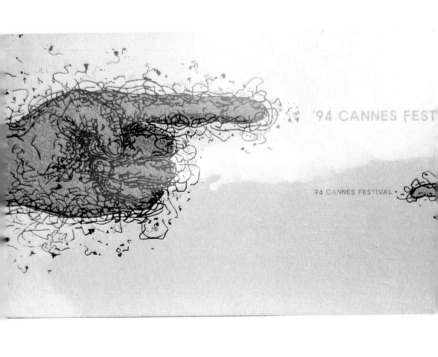

'94 CANNES FEST

'94 CANNES FESTIVAL •

차려진 기억

그 인정엔

내가 이제야
지나간 내 삶을
되돌아보았을 때
내게 베풀어진 삶의 변화는
오로지 인정의 연속이었고

그 인정 속엔
태산과 같은 믿음이
태양과 같은 사랑이
바다와 같은 눈물이
활화산처럼 뜨겁게 넘쳐흘렀을 거야

같이 사하여 주신다고요

하나님!
저를 당신의 교실에서
말 안 듣는다고 내쫓지 말아 주세요
그냥 저를 저 교실 뒤에서
당신을 바라보며 손들고
서 있게만이라도 해 주세요
반성문 쓰라시면
주기도문 백 번이라도 쓸게요
우리가 우리의 죄를 사하여 준 것과 같이
우리의 죄를 사하여 주신다고요

제1부_ 차려진 기억

혼자서 방방

요즘 젊은이들
여럿 모이면
소주방 갔다가
노래방에 간다고 하고

둘이 만나면
게임방 갔다가
여관방 간다 하니
그럴 수 없는 나는

목사님 설교 듣고
가겟방 오디오로
가스 벨 틀어 놓고
혼자서 방방

애정 보험

사춘기 때
여자 친구를 사귀면서
든 보험

그것은
여자친구와
지속적인 애정을 위한
선물 보험이었지

한때는 화장품
한때는 가방
한때는 액세서리

다량의 선물 공세를 했지만
헤어질 때는 보험 든 것
한 푼도 되돌려 받지 못했다

왜?

그 보험은 만기 전에

중도 해약을 했으니까

아기 울음

애앵~ 애앵~

하며 달려가는

소방차는 불 끄러 가고

애행~ 애앵~

하며 달리는

경찰차는 범인 잡으러 가고

애앵~ 애앵~
하며 울고 있는
아기는 찌찌 달라고 우는소리

소방차 경찰차보다
더 먼저 달려온 할머니
아이구 우리 손자 왜 그래 하시며
공갈 젖꼭지를 아기 입에 물린다

울음 그친 아기 얼굴
내려다보며
배고팠나 보구나
네 엄마 곧 올 거야!

눈맞춤

미소 속에 비친 그대는
기다림의 여운이었다

미소 속에 담은 그대는
만남의 약속이었다

일부러 밝게 웃어 보인
그 미소는 아쉬움이었다

아무 말 없어도 알 수 있는
사랑의 눈맞춤

제1부_ 차려진 기억

오죽하면

다섯 가지 곡식으로
밥을 지으면 오곡밥이고

다섯 가지 곡식을 갈아서
죽을 쑤면 오죽이다

오죽에 하얀 면을 넣어 만든 음식은
'오죽하면'일 거야

오죽하면 맛은 어떨까

차려진 기억

내가 찾던 내일

두 눈을 감고 미리 가 본 내일
아무리 둘러봐도 보이지 않는 오늘

어제의 기억에서
오늘을 찾아봐도 어제만 존재한다

뒤적여 넘긴 책장에는
어제도 오늘도 내일도 이미 다 와 있건만

미리 찾고 싶은 오늘은 어디서 찾지
내일의 계획에서 오늘을 찾을 수 있을 게야

미리 찾는 오늘은 내 꿈이고 희망이지
일기장에 내일의 계획란도 만들어 보련다

이제 꿈꾸어 왔던 내일을 설계하며
거기서 오늘을 만나고자 두 팔을 걷어 올린다

차려진 기억

샘물

비 온 뒤
오솔길 옆구리에
솟아나는 샘물

보글 보글
희고 작은 모래알
춤을 추며 솟는구나

흘러나온 샘물
실개천 되어
움푹 패인 곳에 모이니

길 가던 사람들
흙탕물 튀기고
신발을 적시는구나

차
력
진
기
억

제2부

고갯짓

차려진 기억

버르장머리

요즘 젊은이들 중에
버르장머리 없는 이는 무지 많은데
버르장머리 있다는
애들은 못 보았다

사람들이
머리가 없다면 금방 눈에 띄지만
머리가 있다면 그건 당연하여
보이지 않았을까?

아니
버르장머리와 머리는 달라
바른 버릇을 갖춘 사람
그런 사람이
버르장머리가 있는 사람이겠지

고갯짓

아냐 아냐
싫어 싫어하며
눈물범벅 돌려대는 고갯짓은 미운 고갯짓

끄덕 끄덕 그래요
맞아요 맞아요 하며
웃어넘기는 선생님의 고갯짓은 감사의 고갯짓

그래 네 말도 맞아
꺼내어 든 지갑을 내려다보며 끄덕이던
아버지의 고갯짓은 흐뭇한 고갯짓

아재처럼

공부 잘하는 애들은
가방이 무겁다
든 것이 많아서
머리도 무겁다

공부 못하는 애들은
가방이 가볍다
머리도 가볍다

늦게 철든 아재는
가방은 가벼웠지만
머리는 더 무거웠다고 했다

머리에 철鐵이 들어가 무거워졌나
여기서 철鐵이란 쇳덩이가 아니고
사리 분별할 수 있는 지식이란다

나도 아재처럼…

차려진 기억

뭐라 하지 말라구요

가방끈이 짧다고
뭐라 하지 말라구요
스타일이니까

머리카락 짧아도
뭐라 하지 말라구요
듣는 군바리 열 받으니까

치마 짧다고
뭐라 하지 말라구요
눈요기 찾는
거리의 남성들 허기지니까

거룩한 마눌님

밤 11시
"여보, 나 출출해. 당신은 뭐 안 땡겨?"
그녀가 부엌에서 손 털고 나오며
"그래서?"
"아니, 그냥 당신은 어떨까 해서"

그때 요란한 벨소리 띵동띵동
이 시간에 누가?
"배달이요"
뭐 시킨 적이 없는데 하며 문을 열자
빨간 모자를 쓴 배달원보다 날 더욱 반긴 것은
거룩한 통닭의 내음

"자기가 시켰어?"
"얼마예요?"
"만육천 원이래, 이거 내야지"
"당신이 좀 내요"

방에 들어가 지갑을 가지고 나와 보니
배달원은 보이지 않고
식탁 위에 통닭만 누워 있다

아내가 지불했나 보다
"콜라가 하나네, 컵 좀 가져와요"
부엌에서 그녀가 들고 나온 쟁반 위엔
캔맥주 2개와 컵 2개

거룩한 닭 내음보다
센스만점인
거룩한 마눌님이 더 고맙다
"건강을 위하여!"

차려진 기억

무섭진 않지만

도시가스가 무서운 건
가스니까, 터지니까

프로판가스가 무서운 건
가스니까, 터지니까

자동차 배기가스가 무서운 건
이산화탄소 가스로 숨을 쉴 수 없으니까

소리 없이 뀐 방귀 가스가 무서운 건
창피하고 냄새가 독하니까

그러나 방귀는
입맛을, 밥맛을 떨어지게 하는
못 말리는 생리적 현상이니까

에덴의 동쪽

손을 내밀어 잡으려 한 사랑
손 위에 얹어 놓은 것은 기다림이었고
왼손으로 그 위를 다시 덮었으니
기다림마저도 너무 소중했던 시간이었다

어디서부터였는지 궁금하지도 않던 그때
태양은 이미 내 머리 꼭대기에 와 있고
언제부터였을지 기억조차 나지 않던 내게
뒷모습의 기억만을 남기고 떠난 너

내일 아침이면 반드시
저 동쪽으로 다시 떠오를 것을 알기에
에덴의 동쪽을 향한 그곳으로
기다림의 소중함을 기억하며 발걸음을 옮긴다

여린 우리네 마음

버스 정류장에서
가게로 걸어오는 아주머니

가게 문 앞에서 힐끔 안을 들여다 보다
나와 마주친 눈

손님인가 기다렸지만
씩 웃으며 버스 시간표를 가리키는 손

난 아무 말도 안 했는데

그냥 시간표만 보고 가기 미안했나?

여린 우리네 마음

그냥 그 마음만으로도 위안 받은 난

손님 없는 가겟집 주인

쉬라는데

별이 빛났어야 할 밤하늘에
별도 달도 안 보이고

밤하늘엔 가득히
낮게 내려 채운 검은 먹구름만이

부지런히 흘러 흘러
별과 달에게 숨바꼭질시키고 있나

내가 저 하늘을 따라 하는지
저 하늘이 근심 찬 내 마음을 따라 하는지

지나던 바람까지도 나무 기둥을 긁으며 내뱉은 쉰 소리
애써 날 위로하려는 나이 찬 어른의 쉰 소리인 양

쉬익 슈

휘기 휘기 슈

쉬지 뭐해 쉬어 쉬어

이제 그만 쉬란 말이야

차려진 기억

패를 돌리는 그늘

울창하고 푸르른 느티나무 아래
그늘진 평상엔 돗자리 깔고

그 더운 한여름에
날 부르는 시원한 그늘

나뭇가지들 살랑살랑 춤추며
나와 눈 맞추고

따가운 햇살은 내 등 떠밀어
어서 와 앉으라고

아무래도 오늘은
산들바람과 느티나무 잎이 짜고 치나 보다

판은 저 태양이 깔고
패는 그늘이 돌리고

하늘은

하늘은 어머니의 손길
햇님을 높이 걸어 두시어
농부들 밭갈이 하도록 해 주시고
비님 내려주어
못자리 논 물대기 보내기
이마의 송송 땀방울 닦아주신다

하늘은 어머니의 마음
밤길 걱정되시어
달님 별님 보내시고
하루 피로 회복하라고
흰 구름 이불 덮어 주시어
포근한 잠자리 마련해 주신다

조류독감

날개를 가졌다고
철새인 척 하다가
조류독감에 걸린 꼬꼬댁
달걀은 누가 만드나?

조류독감 창궐하니
계란 값은 오르고
닭 값은 떨어지고

"삶은 달걀 없어요?"
"조류독감 때문에"
아침 식사 하러 가게를 찾은 손님
"좀 비싸도 갖다 놓지 그래요"

죄송하다며
치킨 조각을 권했지만
아무리 싸더라도 치킨은 싫단다
사실 싸지도 않은데…

단골손님인데 어떻게 할까

내 간식으로 가져온 달걀 두 개

거절하는 손님에게 억지로 드렸다

꼬꼬댁 잘못도 아니고

누구의 잘못도 아닌

조류독감 사건

빨리 끝나야 될 텐데!

눈꺼풀이 무거운 것은

눈꺼풀이 무거운 것은
눈썹에 붙은 눈곱 때문일까
동조자 하품이 불러낸
생리 현상 때문일까

눈을 비비고
찬물로 세수를 해 보지만
스르르 눈이 감기고
정신이 몽롱해진다

어느새

하루의 수고를 되뇌는

코 고는 소리

눈꺼풀이 무거운 것은

꿈나라 여행을 시작했기 때문이다

제3부
그때 그 소리

나는 누구냐

국적은
대한민국

본적은
서울 성북구 종암동

본은
풍양 조씨

누구의 자손
회양공 풍옥헌공

부모님은
모두 살아계시고

나는

조씨 집안 3남매 중 장남

송마가겟방 주인이고

한 여자의 남편

주소는

영원한 주소는

당신의 깊은 마음의 자리

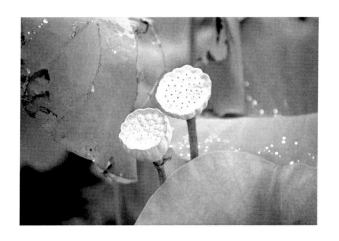

베토벤 운명

일찍이 시작된 아침

하늘을 가로지르는 태양

잠시 멈추어선 꼭대기는

이미 한낮이 되었고

저 산등선 넘기를 주저하며

걸터앉았던 때는

어느새 저녁이 되었네

그때 달려온 바람이

저 해를 떠밀어 넘기자

울려 퍼지는 선율

밤밤밤~ 밤

바밤밤~ 밤

베토벤 교향곡 제5번 운명 제1악장

음악이 끝나면

여느 때처럼

가게 간판 등 스위치를 올린다

송마가겟방

차려진 기억

최고된 이유

최고된 이유엔
너와 내가 있었다

믿음이 있었다
사랑이 있었다
노력이 있었다

그리고
우레와 같은
격려와 갈채가 있었다

네가 내게
내가 네게

최고된 이유엔
하나님도 함께 하셨다

잘된 것 맞죠?

사랑하는 내 마음을 꺼내어 보일 수 없어
살며시 그 마음에 문을 닫고 말았지만
자물쇠는 채우질 않았다

사랑한다는 내 마음을 손으로 꺼내 들었지만
그냥 왼손에서 오른손으로 옮겨 잠그고 말았다

그때 그녀 내 손에 든 사랑을 보곤
"어, 이거 내게 주는 거야?"
그렇게 내 사랑은 빼앗겨 버렸다

사실 그녀에게 주려 했는데
결국 전하려던 사랑을 그렇게 빼앗긴 셈이다

아무튼 잘된 것 맞죠?
제대로 된 것 맞죠?

제3부_ 그때 그 소리

어머니를 대신한 아내

다 아시는 우리 어머니
겉으로는 나타내지 않지만
무엇이 필요한지
불편한 마음이 무엇인지
해결 방법까지도 아시는 어머니

어느 날 나의 불편한 마음을 아셨는지
내 지갑을 보자 하신다

"남자의 지갑은 두툼해야지"
텅 빈 지갑에게 먹이를 넣어주시는 어머니

"쓸 데도 없고 쓸 시간도 없어요
지금은 용돈 받던 어린애도 아니고
어엿한 송마가겟방 사장인 걸요"

그러나 막무가내이신
구세주 같은 어머니

내 마음을 아는 또 하나의 사람
어머니를 대신하는 아내가 있다

요즘 내 지갑엔 주민증이 있고
교통카드가 있고
명함이 몇 장 있지만
세종대왕이나 이순신 장군은 없다

그런데 내 지갑에 왕궁을 만든 아내
신사임당도 보이고 이순신도
어머니를 대신한 아내가 고맙다

술값

친구들이 들이키라는 권유에
처음 맛본 소주 한 모금
입 안이 쓰고 속이 따가웠다

빈 잔을 또 채워준 친구
녀석들의 그 손길이 밉지는 않았다

받아든 잔을 또 벌컥 비우고는
그때야 찾은 것은 안주였다

친구가 건넨 짭짤한 새우깡
기대하지도 않다가 다음 잔을 집어 든 나를 보고
친구들이 더 좋아라 한다

짜식들
술값 내가 낸다니 이러는 것 아냐

녀석들

다행히도 안주는 추가로 안 시켰다

주머니 속 동전을 헤아려 보며

"커피 후식도 내가 쏜다"

큰소리쳤지만

자판기 커피는 공짜란다

기다려지는 날

내 인생에 특별한 날은
응애~ 하며 세상을 향해 소리친 날

가슴을 뛰게 하던 날은
웨딩마치에 맞춰 입장하던 날

힘들었지만 보람이 있었던 날은
장애를 서로 나누며 삶을 꾸려가던 날

지금 내가 기다려지는 날은
부모님께 손주를 안겨드리는 날

제3부_ 그때 그 소리

소금과 같은 에코

속 좁은 놈은 짧은 메아리
안 울려

속 넓은 놈은 긴 메아리
웅장해

속 좁은 놈도 에코를 넣으면
마이크 소리가 웅장하게 들린다

소금과 같은 에코
누구든 알맞게 넣어야지

나는 웅장한 메아리가 되고 싶다
에코를 넣지 않고도

담배 판매

가게에서 가장 많이 팔리는 담배
값이 배 이상 오르고
몸에 매우 해로운데
여전히 담배를 찾는 사람은 많다

콜록이며 담배를 사러 온 손님
쉰 목소리로 담배를 찾는 손님
현금이 없다며 외상으로 달라는 손님
낱개비로는 안 파냐는 손님까지

아저씨 담배는 몸에 해롭대요
담배를 좀 줄이세요
담배를 끊으세요
나도 모르게 이런 말이 튀어나온다

겸연쩍게 머리를 긁는 사람
"끊으려고 노력하는데 그것이…"

차려진 기억
084

"그럼 담배를 팔지 않으면 되잖아?"
반응은 다양하며 욕까지 하는 사람도 있다

사람에게도 해로운 담배
10% 마진이라서
열 갑을 팔아도 한 갑 정도의 이익뿐인 담배
정말 접고 싶은데…

온종일 닫힌 가게 문이
담배 손님 덕에 대여섯 번 여닫는다
담배 판매 접느냐 마느냐
그것이 문제로다

상상은 행동으로

상상은 내가 하는 것
나 혼자 흡족해할 것이고

어설픈 기대를
내세우기도 할 것이고

은근하고 알찬 기대는
행동으로도 바뀌게 될 것이다

지금 내가 팔을 걷어붙인 것은
상상이
기대가
행동으로 바뀌게 된 것

내가 해야 할
내가 해야 될 일이어서

상상의 묘목을 심고

기대로 가꾸어

행동으로 꽃피우려는 것이다

성공을 바라며

차려진 기억

그때 그 소리

어릴 적 집 안에서 제일 큰 소리는
우리 삼 남매의 법석이는 소리

학창 때 제일 크던 소리는
성적표를 받아든 부모님의 호통 소리
그리고 부모님의 기도 소리

요즈음 삼 남매 모였을 때 제일 큰 소리는
조카들 까불어 대며 떠드는 소리

삼 남매 어릴 때 들던 소리
"얘들아, 나가 놀아라 어서~"

차려진 기억

이 소리는

달 달 달
이 소리는
밭에서 들리는
경운기 소리도 아니고

달 달 달
이 소리는
가게 앞에 세워 놓은
오토바이 소리도 아니고

달 달 달
이 소리는
난로 없이 혼자 앉아 있는
내 어금니 부딪치는 소리

달 달 달
아이 추워

차려진 기억

보너스

곗돈은 붓는 것
때가 되어 탈 날을 기대하며

적금은 붓는 것
만기가 되어 탈 날을 기다리며

아내에게 주는 선물은 만기가 없는 적금인가
보너스까지 수시로 나오는 적금이다

늦은 저녁 아내는
내게 줄 보너스로 칼을 잡았다
내 입맛을 잡았다

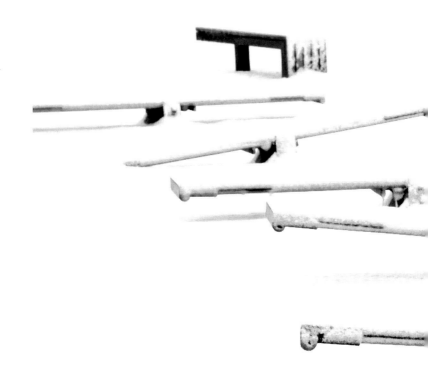

어제, 오늘, 내일

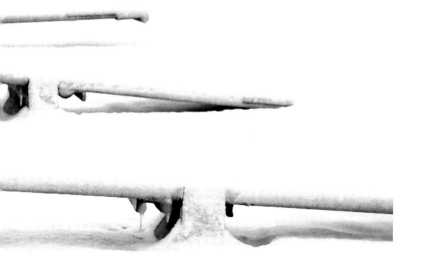

뚝배기

어릴 때 어머니가
된장찌개 끓여주시던
투박한 뚝배기에 향수를 느껴
뚝배기를 하나 장만했다

때 벗은 요즘 뚝배기에
두부를 썰어 넣고

사랑으로 양념한

된장찌개를 해 먹었다

빗나간 기대

양념도 풍부히 넣고

두부와 고기도 넣었는데

어릴 적 뚝배기 맛이 아니다

이번엔 그 뚝배기에

라면과 수프를 넣고 끓여보니

지금까지 먹어 본 어떤 라면 보다

훨씬 맛있고 환상적이었다

어머니의 추억이 담긴

투박한 뚝배기는 엄마표이고

매끈한 요즈음 뚝배기는

아내표 뚝배기인가 보다

어제, 오늘, 내일

어제는
오늘의 감사였고
수고였고
그리움을 낳았으며

오늘은
어제의 감사와
내일의 기대에
행복한 수고가 되었으며

내일은
오늘의 기대이고
희망이고
하얀 바람이었다

성냥갑만 한 가게

손님 한 분이 가게에 들어와서
이것저것 골라 사 가지고 나가며
"성냥갑만 한 가게인데 있을 건 다 있군"

깔보는 것인지? 칭찬인지?
아무리 작은 시골 잡화 가게지만
있을 건 다 있어야 한다는 게 주인의 생각

손님이 던진 말
일단 칭찬으로 받아들여야지

그러나
손님은 성냥갑 안에 들어 있는
내 마음의 성냥개비 심에 불을 붙였다

지금은 작은 가겟방이지만

내 나중은 큰 수퍼로 대형 마트로

창대하리라

두 손을 힘있게 모아 주님께 기도해 본다

차려진 기억

저녁노을

서쪽으로 난 가겟방 창문
붉은빛 감돌면 내다보는 하늘
창문틀 가득히 수놓은 노을

빙그레 웃는 술 취한 햇님
노을이 입고 나온 붉은 옷들은
벗어서 택배로 서쪽 산등선에 보내고

다음날 저녁때면 서쪽 능선에
다시 곱게 갈아입고 나타나는 걸까

하늘은 역시 멋을 낼 줄 알아
분위기 maker인 저 하늘
오늘은 더 멋있다

거품

들이부은 소주는
잔 끝에 차올라 찰랑찰랑 일렁이고

들이부은 맥주는
보글보글 피어올라 거품 물고 넘치는데

휘황찬란한 조명들이 돌아가고
귀를 먹먹하게 하는 음악이 분위기를 잡으니

찰랑찰랑 흔들어 대는 그녀의 탭댄스는
내 마음을 거품으로 몰고 가네

제4부_ 어제, 오늘, 내일

바보상자

네모난 얼굴을 가진 상자
있을 것 다 있는 신기한 상자

시간 맞춰 볼 수도 있고
골라보는 재미도 솔솔

상자 속에는 무엇이 들어 있길래
궁금한 세상을 보여줄까

보거나 듣기만 할 수 있고
말을 걸거나 이야기를 나눌 수 없어

네모난 얼굴의 상자를
바보상자라 하나보다

바보상자에 빠지면
나도 바보가 되려나?

하지만 오늘도 온 식구들

바보상자 앞에 쪼르르 앉아

웃고 울고 손뼉 치며 시간을 보낸다

차려진 기억

감사와 사랑의 못

벽에 못을 박고
많은 것을 걸어 둔다
시계, 액자, 옷, 모자…

마음의 벽에도 못을 박고
많은 기억들을 걸어 둔다
미소, 아픔, 후회, 감사…

남에게도 못을 박아 보자
감사와 사랑의 못을
절대 안 되는 못은 원한과 미움의 못

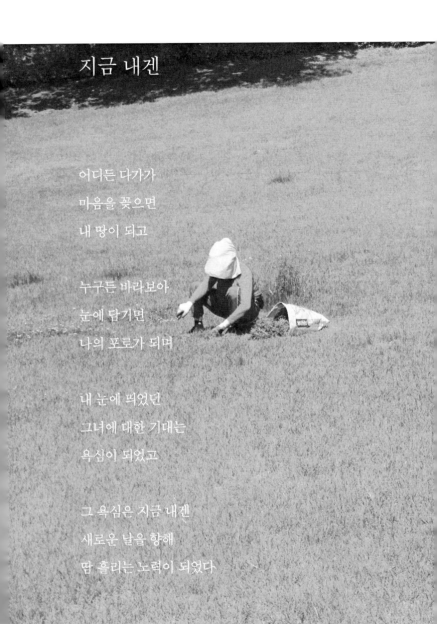

지금 내겐

어디든 다가가
마음을 꽂으면
내 땅이 되고

누구든 바라보아
눈에 담기면
나의 포로가 되며

내 눈에 띄었던
그녀에 대한 기대는
욕심이 되었고

그 욕심은 지금 내겐
새로운 날을 향해
땀 흘리는 노력이 되었다

마음속 사랑

내 마음속 사랑은
부모님 아내 형제자매들의
헌신적이고 의무적인 사랑

우리 고을의 마음속 사랑은
친척 친구 이웃 사람들의
주고받는 진정한 사랑

사랑을 좀먹는 것이 욕심이라면
마음속에 피어나는 욕심을 누르고
마음 밭에 사랑의 씨앗을 심고

사랑만으로 사시사철 꽃이 피는
그런 마음으로 살아가리라

제4부_ 어제, 오늘, 내일

지압과 안마

지압은 누르는 것이고
안마는 문대는 것이다

지압과 안마를 병행하면
피로한 몸이 잘 풀린다

살아오며 자잘히 실수한 것은
지압으로 지그시 누르고
칭찬으로 내 마음을 문댄다

이런 안마법을 쓰는 아내
미웁지 않고 고맙다

당신께

'죄송해'란 말은 백 번
전하지 못한 감사의 말은 천만 번

앞에서 손을 꼭 잡아 주셨던 어머니
뒤에서 꼭 끌어안아 주셨던 어머니

지금 내 옆에 계신 어머니는
내 옆구리를 더듬어 손을 잡고
끌어당기시며 따라오라신다

감사합니다
하지만 저도 지금은 어른이에요
부모님 걱정 안 끼치고 잘 살아갈게요
지켜봐 주세요
사랑해요

제4부_ 어제, 오늘, 내일

이유

뒤집어도 보았다

똑같았다

흔들어도 보았다

똑같았다

그래서 난 그냥 변치 않은 그 마음을

내 품에 품으련다

제4부_ 어제, 오늘, 내일

리모컨 전쟁

우리 할머니
"아그야, TV 켜 봐라"
그러자 아버지 말씀
"어? 벌써 뉴스 할 시간이네. 야, 9번 틀어라"
그러자 옆에 계시던 어머니
"드라마 할 시간이어서 틀라고 하신 거예요"
"야, 11번 틀어 놓아라"

그러자 아버지
"뉴스 봐야 하는데"
"당신이 어머님과 함께 방에 들어가서 봐요"

어머니 못마땅한 듯
"어머님 벌써 TV 앞에 앉아 계시잖아요"
"당신이 들어가 봐요"

그러자 아버지 할머님께 여쭙는다

"어머니 뉴스 보실 거죠?"

그러자 할머니
"얘야, 난 우리 손자가 보자는 것 볼란다"

아버지 나를 힐끔 보며 내 의견을 물으신다
"전 13번이요"
내 위상을 세워주신 할머니 때문에
리모컨 전쟁은 끝이 났다